KB236481

남상광
시집

만남에도 그늘이 있다

도서출판 북인

2025

시인의 말

어제를 위하여

첫 시집『지뢰 같은 사랑』의 후기에 이런 글을 쓴 적이 있
다. 밤마다 허름한 찜질방 속 아무도 없는 〈보석방〉에서
자신의 살점을 뜯어 허접한 시詩를 썼노라고. 쉽지 않은
삶을 지탱해주던 자신의 육체가 훼손된 관계로 이듬해
아무도 없는 곳에서 허기에 지쳐 쓰러질 수밖에 없었노
라고.

나중에 후기를 읽던 그가 물었다.
— 진짜 쓰러졌었어?
— 그렇게 써야 멋있을 거 같아서….
그가 묘한 표정을 지으며 그랬다.
— 치….

그가 다시 떠나고, 보일 것 같던 미래도 같이 불투명해졌
을 때 이렇게 쓰기로 한다. 남자는 강하게 보이고 싶어
서 때때로 거짓말을 할 때가 있다고. 사실 그때 아주 여
러 번 쓰러졌었다고.

2025년 봄에서 여름으로
남상광

차례

1부

가을을 보내는 법

때를 아는 나뭇잎은 여유가 없다
다소곳이 기다리지 못하고
주위를 두리번거려 떠나는 계절을 찾는다
차갑게 변해버린 바람에게
재회의 꿈을 나누지도 못했다
열기가 몸 주위를 맴돌며 아직 뜨거운 건
미련이 남아 있기 때문이다
아쉬운 것들은 사라지지 않는다
억지로 보내야 할 뿐이다
잊어야 하는 과정에서 상처를 남긴다
그래서 지난 사랑은 쓰라린 것이다
떨어져 날리는 날이 돼서야
상처까지 아름다웠노라 말할 수 있다
추수가 끝난 들판에 첫서리 내리는 아침
눈물 같은 이슬을 반짝이며
때를 어기지는 않고 살았노라
이제 잊었노라
비로소 한숨 길게 내쉴 수 있다

사랑의 현실

흘러도 흘러도

강물이 바다를 채우지 못하듯

그리워하는 시간 또한

세월을 막을 수 없지만

서쪽 하늘까지

여린 잿빛으로 가득해지니

지친 여행자의 무릎에도 때때로

통증이 느껴지곤 한다

인공 연골로

바꿔 넣어야 할 때가

되었나보다

사자가 죽을 때

한 달이나 고기를 먹지 못했다
몇 가닥 남지 않은 갈기가 무거워
새끼 돼지 쫓기에도 숨을 헐떡인다
사냥을 그만둘 때가 되었다
초원에서 쫓겨난 지 얼마나 되었을까
아직까지 돼지들이 겁을 내기는 하지만
멀리 하이에나라도 보이면 심장이 벌렁거린다
그동안 삼킨 동물들이 밤마다 울어대고
물어 죽인 새끼 사자들도 번갈아 나타난다
지난 날을 돌아볼 시간이 많아졌지만
후회는 하지 않는다
사자의 운명은 바꿀 수 없는 것이다
밀림을 향해 포효하고도 싶지만
존재를 알리기 위한 울음은 잊은 지 오래다
머리 들기가 힘들어 땅에 대본다
마지막 흙냄새가 고기보다 부드럽다
평생 살아온 평원을 바라보며 눈을 감는다
사바나에서의 십 년은 행복했지만
죽을 때 사자는 울지 못한다

차원次元의 진화

1

개미도 알을 낳는다

2

양성애자 지렁이가
다른 개체와 교미를 하는 이유는
밟혀 꿈틀거리다 죽은 종족의
슬픈 번식을 위해서

3

절벽에서 떨어뜨려
살아남는 새끼만 거두려는 사자도
무녀리까지 감싸안는 돼지도
모두 어미라는 공간을 공유한다
살아 있는 것들의 시간은 사랑으로 가득하다
어미와 사랑의 공통분모 안에
인간이 살고 있다

4

술에 취했을 때나

무언가에 미쳤을 때 차원은 진화한다
진화의 끝은 아무도 알 수 없지만
여기부터는 신神과 함께하는 영역이다
삶의 구역을 돈으로 확장한 유클리드*의 공간이며
지구의 공전으로 인한 사계절의 변화를
종교적으로 과대해석한 상대성이론의 결과이다
인간으로는 살 수 없는 차원의 장소
신神은 절대 죽었으므로
이제 우리는 선택하여야 한다
새로운 신神이 되어 하늘로 오를 것인지
소크라테스의 제자인 인간으로 남을 것인지

*고대 그리스의 수학자. 기하학의 창시자.

코끼리가 걷는 이유

백수의 왕은 아니라지만
코끼리는 아프리카 초원의 절대 권력자이다
동물의 세계에 절대적이란 없기에
최소한 어제까지는 그렇다고 생각한다
오늘도 코끼리는 절대적을 연장하기 위해
무거운 네 발을 앞으로 내딛는다
움직이지 않는 자는 죽은 목숨이고
걷지 않는 자는 퇴보하는 것이다
밀림은 잠시라도 같은 세상을 살지 않는다
습지였던 지역이 가뭄으로 갈라지고
사막에 장마가 잠깐 쌓이면 강물 되어 흐른다
평화의 시대에 존중받던 코끼리도
때로는 굶주린 사자의 목표가 된다
살기 위해서는 멈추지 말아야 하기에
코끼리는 걷고 또 걷는다
언제나 강을 가져본 인간은 갈증을 모른다
코끼리 무리가 세렝게티* 대평원을 가로질러
빛나는 산**을 향해 백 킬로를 여행하는 이유는
고작 한 모금의 물 때문이다

*탄자니아 국립공원.
**킬리만자로.

사후인생문死後人生文

외딴섬 동백숲 바닥에 펼쳐진
홍건한 출혈의 현장
폴리스라인 두를 새도 없이 무더기로
꽃이 진다 꽃이 져
매력이 흐르다 못해 철철 넘치던 삶들이
붉고 고왔던 어제를 뒤로 하고
소란스럽게 떨어지는 중이다
자신의 미美를 독식하려는 나르키소스의 최후인가
황홀한 기분으로 투신하고 있다
세상에서 가장 아름다운 날은 마지막 날이다
장렬했던 순간들이 긴 침묵으로 바뀌면
자연은 별다른 지침 없이
철 지난 낭만적 사건으로 분류할 것이다

꽃 떨군 빈 숲을 바라보는 그대여
계절의 사법적 판단은 그리 중요치 않다
한때 온 가슴을 진동시키며
흐드러지게 번지던 동백꽃 무리도
아름다운 날을 기대하던
한 포기 처연한 목숨이었을 뿐

삼각주에서

세상의 물결로 흐르다
모래 자갈 섞여 흘러 떠내려오다
바다 만나는 강 어귀에 지쳐 멈춘다
삶의 퇴적물 겹겹이 쌓인 땅
삼각주가 천천히 쉬어가라는 듯
하구를 두 겹 세 겹 막아선다
강물은 속도를 죽이고 바다를 바라보며
처진 몸을 잠시 기댄다
바다가 되기 전의 마지막 휴식이다
산골 바위틈에 떨어진 물방울이
거친 흐름에 밀려 산하山河를 헤매고 다녔다
인간과 공존을 선택한 왜가리의 끅끅
시커멓도록 밤을 태우는 울음소리
별을 따기 위해 하늘을 살피다
새벽녘 꿈속으로 날아오르던 백조의 시간
물살을 거스르던 연어 떼에 치여
온몸이 시퍼런 멍으로 변하던 가을 강변
수많은 자연과 계절을 지났지만
아직 강물은 포용하는 법을 모른다

줄 위에서

아침 이슬에 여덟 개 다리를 닦고
줄에 걸린 나비를 맞이하는 일
무당거미가 살기 위해
잠시 독거미로 빙의하는 순간이다
삶은 줄 위에서 시작된다
고무코 붙이고 두 볼에 빨간 점
사랑만을 갈구하던 코메디아 델라르테*의 피에로가
진로를 바꿔 하늘로 오른 까닭은
허공과 선을 넘나드는 명예로운 곡예 때문
줄 위에서 아흔아홉 가지 재주를 부리는
약장수 판 흥을 돋우는 미끼에 불과하지만
삶에는 늘 그럴듯한 선택이 필요하다
고운 현실은 아슬아슬한 줄 위에서 온다
평생을 지배하던 세렝게티 초원
먹이를 놓쳐 볼품없어진 늙은 사자가 그러하듯
요양원의 낭만에 지쳐 하루를 빠져나와
천국에 있는 김밥 한 줄 위에서 고민한다
내일의 삶을 안주로 삼아
한잔 할 것인지

*16세기에서 17세기 사이에 이탈리아에서 유행한 가면 희극.

인터미션*

한 편의 뮤지컬 같은 인생
킬리만자로의 표범을 꿈꾸었지만
각본은 언제나 먼지 자욱한 사하라였다
아침마다 목초지를 따라 떠도는
이름 없고 울타리도 없는 가축이었다
오아시스 같은 관객의 박수를 받는 날이면
선인장에 묻은 물기라도 찾은 낙타처럼
껑충껑충 무대를 뛰어다녔다
낭만적이던 사막의 노을도 별도
한 폭의 무대장치였다는 걸 그땐 몰랐다
하루하루 완벽한 연극을 꿈꾸기 위해
배역에 맞는 춤과 노래를 연기할 뿐
그뿐이었다 이제
양초에 불 붙이고 두 손을 모아야 할 때
늘어난 근육에는 쓸쓸한 휴식이 필요하다
가슴 조이던 무대에서 잠시 내려와
오늘도 어김없이 돌아가는 시계를 본다
따스운 커피 한 잔 나눌 시간이다
여유가 없는 것들은 삶도 없다

*연극, 영화, 공연 중간에 갖는 휴식시간.

가슴은 성장한다

작은 가슴에 화살 하나 날아든다
대수롭지 않은 씨앗에 불과하다
표식이 생겼지만 처음에는 아프지 않다
씨앗과 함께 구멍도 자꾸자꾸 커진다
그럴수록 가슴은 점점 오그라든다
번식력이 왕성한 씨앗은
여러 개의 해바라기로 쑥쑥 자란다
가슴으로 담기에 역부족이다
뿌리만 남기고 꽃은 허공을 떠다니기 시작한다
틈이 생긴 가슴에 찬 공기가 들어오지만
바라보는 시선은 더 뚜렷해진다
여유 없는 공간이 이유 없는 고통이 된다
가슴 안에 존재하려 하지 않고
거꾸로 마음이 빨려나가는 상황이다
인간 세상에는 이처럼 낭만으로 가득하다
뭉클하게 덩어리지는 한 송이 빨간 장미
그 뒤의 괴로움의 상징이던가
가슴은 명상에 갇혀 움직이지 못해
더이상 성장할 수 없는 단계라고 재잘거린다
우주가 들어오기만을 기다려야 하는데
그럴수록 더욱 아려오는 나의 가슴이여

2부

역주행

막걸리를 한두 잔 했을 것이다
흥이 돋거나 내일에 대한 확신이 없을 때
특별한 일은 과감하게 실행되곤 한다
늘 가던 길과 한번쯤 반대로 가고 싶은 순간
홧김에 욱하고 들어선 길은 아니었다
오랜 시간 계획해서 진행된 일은 더욱 아니다
안개 가득한 새벽이었을 것이다
어쩌다 새로운 운명으로 들어선 행로
두려워 떨리는 가슴 속 작은 희열을 느끼며
가속페달을 밟는다
느닷없이 바뀐 교통질서의 용트림에
방향을 거스르며 졸던 도로가 잠을 깬다
놀란 헤드라이트의 경멸하는 눈빛들과
갖가지 경적이 질러대는 맹수들의 포효
흥미를 넘어선 공포가 시작된다
잠시 이탈을 위해 질서의 역사를 무시한 시간
기대하던 역주행의 낭만은 사라지고
부서진 형체로 남아 망설이는 하얀 그림자
세상은 언제나 개척자에게 관대하지 않다
태양이 뜨려면 아직도 멀었지만
견인차는 출발했을 것이다

코로나 서정

아침 뉴스의 분주한 아나운서 입속이 꺼림칙하다
TV에서 옮을까 눈을 씻고 하늘을 본다
얼어붙은 거리에는 산성 눈 대신
도시로 침투하려는 바이러스가 낙하 중이다
묵례로 인사하는 사람들 사이를 오고가는
불결한 친근함이 자연스러운 오늘
출근시간의 지하철에는
배려가 아름다운 마스크 행렬이 가관이다
얼굴마다 빡빡이 멸균거즈를 붙이고
보이지 않는 코의 부가가치에 대해 상상한다
돈과 외모보다 인간에 충실하게 되었으니
이전보다는 낭만적인 세상이다
태양의 빛에 가려져 있다가
개기일식 때 달 너머로 보이던 코로나*
우리 만남은 하루아침에 이루어지지 않았다
운명적으로 서로를 원했던 사이이므로
영원히 헤어지지 못할 수도 있다
태양이 팽창되어 적색거성**으로 변하거나
정서적으로 같은 삶을 유지하기 힘들 때까지
우리는 정녕 하나가 되리라

요양원에서 사랑을 되찾은 치매 노인처럼
밤하늘을 밝히며 떨어지던 유성을 회상하며
세상에 무관심한 척 한참을 살아가야 한다

*이온화된 고온의 가스로 구성된 태양 대기의 가장 바깥 영역.
**헤르츠스프룽-러셀 도표에 따른 항성 분류에서 작거나 중간 정도의 질량
을 가진 밝고 거대한 별. 항성진화의 후기 단계.

사과의 시간

반으로 잘린 채 식탁에 방치된 사과의 시간은
의미 잃은 기다림이다
맛나던 반쪽은 그대 입속으로 사라지고
시꺼먼 씨앗까지 속이 훤하게 드러나
문드러진 희망으로 남은 사체
에너지의 근원이라는 말이 무색하게
퇴색된 과거로 인해 맛이 유지되지 못하고
비타민 보유 가능성마저 어려운 상태이다
한 달째 집에 오지 않는 미식가의
상처에 대한 소문만 주방에 퍼져 무성하다
만찬이 끝난 후
포장랩으로 씌워 냉장고에 넣어야 했다
사흘이 지난 뒤에는
쓰레기통에 던져 버려야 했다
지금이라도 즉시 시야에서 사라져야 하지만
멀어진 관심에 야속한 냄새만 남은 사과의 미래
존재마저 폄하된 당분 찌꺼기에는
시시껄렁한 파리 몇 마리만 달라붙어 있다
파리에게 위안의 대상이 된 사과는
이제 한참을 더 시들어

쭈글쭈글 볼품없는 결말에 이를 것이다
그래도 과일은 시간을 포기하지 않는다
시간이 모여야 이룰 수 있는 꿈이 되고
재회도 이별도 꿈이 있어야만 가능한 일이라기에

어쩌다 마치March

겨우내 땅속에서
원초적 욕망을 키운 수선화
과거의 향기를 기억해내며 피어난다
자생력을 갖추게 하기 위한 창조적인 방치가
기적적으로 성공하는 순간이다
눈도 비도 어울리지 않는 때 떨어지는 물기는
하염없이 미안한 하늘의 눈물이다
아직도 세상을 위해 무언가를 할 수 있다는 발상
그 이기적인 사랑에 경의를 표한다
이제라도 녹지 못한 흙덩이를 뒤섞으며
웅크렸던 계절의 가슴을 펴고 있다
오늘보다 내일이 더 설레는 충분한 이유이다
여물지 않은 바람에 실려오는 한 움큼의 기대와
온몸으로 감지되기 시작한 따스한 기온
곰틀거리는 뿌리들의 속삭임에 맞춰
준비운동 겸 한껏 기지개를 켠다
봄 내려온다 봄이 내려온다
아직 회색 가운을 벗어 던지지 못한 당신의 규칙은
머지않아 깨질 것이다
무거워 날지 못하더라도

다이어트는 꿈도 꾸지 못하고
인간을 위해 알을 낳는 낡은 새들의 노동가에 맞춰
컹컹 새로운 춤을 출 시간이다
다시 태어난 지평선은 여전히 아름다울지라도
아, 태어나는 것들의 슬픔이여

안개라는 꽃

흐려지는 새벽이면 어김없이
안개는 꽃으로 피어나고자 애를 썼다
짙은 어둠에 빛의 색을 지속적으로 섞어
아침이 오기 전까지
무수히 많은 희뿌연 꽃잎들을 펼쳐 보였다
온 천지에 식은땀을 뿌리며
꽃을 만들어냈다는 사실에 서늘한 희열을 느꼈다
보이지 않는 미래를 위해 오래 전부터
과거와 현실의 땅 속 찌꺼기들을
안개는 아무도 모르게 발효시켜 왔을 것이다
주변의 어둑한 냄새를 향기로 바꾸기 위해
보일 듯 말 듯 가느다란 기억 저편에
아스라한 시간들을 묻어 오래 숙성시켰을 것이다
안개꽃은 새로운 오후를 위해
세상을 지워버리고 다시 그리고 싶었지만
무리에서 새어나오는 엷은 회색의 수증기 뒤로
태양의 그림자가 고개를 쳐들었을 때
굽은 줄기가 흔들거리며 시들어가고 있었다
또 다른 한낮으로 허물어지는 무채색의 존재는
얼어붙은 시기에 그어진 성냥불에 불과했다

개벽을 이루어낸 꽃들이 피날레로 흩날리는 동안
영혼이 되어버린 안개는
막 순산한 임산부처럼 안도감으로 허탈해졌다
계절은 더 큰 겨울을 계획하느라 바삐 움직이고
우윳빛 배경이 사막의 신기루처럼 사라졌다
안개는 단순히 쾌청한 날씨를 보여주기 위해
인간의 바닥에 꽃으로 뿌려진 거였다

바람이 멈추는 지점

후끈 달아오른 공기의 낭만이 가득한 여행
때로 광폭한 행태로 거침없이 질주하는
바람은 늘 알 수 없는 장소에서 시작된다
황소가 거침없이 날뛰는 스페인 투우장에서
허리케인이나 사이클론이 태어나는
광활한 카리브해나 아라비아일 수도 있다
나비의 날개 작은 틈에도 바람은 인다
어느 적막한 산맥을 더듬어 가는지
몇 번이나 소용돌이치며 치솟는지 알 수 없다
첫 만남에 멈추었던 아쉬운 기억
소멸했던 불길도 화끈하게 살리는 자연의 힘이다
세게 몰아쳐야 한다는 환상은 버려도 된다
북쪽에서 오는 바람도 뜨거울 수 있고
한바탕 회오리가 모두 태풍이 되는 건 아니다
낭떠러지에 멈춘 돌개바람이 칼날같이 서늘하다면
부드러운 산들바람은 여행자의 감성을 벗긴다
가끔은 찔끔 쐰 바람에 턱없이 날려
시베리아까지 휘몰아치며 떠내려가기도 한다
먼지 날리듯 사라지는 미래를 원치 않기에
어쩔 수 없는 기압의 변화이더라도

감당할 수 있는 곳까지만 불어야 된다
방법과 기간은 다르겠지만
모든 바람이 멈추는 지점은 항시 동일하다
사랑이라 명명하기 어려운 그곳,

유라시아 도시 2020

기형도를 읽는 중에 스마트폰 문자가 온다
고작 이천 년 동안 지중해의 권위를 먹고 산
산 마리노 거리에 붉은 벚꽃들이 흩날린다고 한다
피의 로마와 르네상스 속 피렌체
맑은 한낮의 햇빛처럼 쏟아지던 때가 생각났다
뿌린 대로 거두게 되는 법이므로
역사 한 쪽을 접어 책고지에 반듯이 꽂는다
KF94로 입을 막고 우한武汉의 구석을 훑어보고는
여름의 행성으로 귀화하고 싶어졌다
우주선 출입문의 비밀번호를 알고 있다면
당장이라도 짐을 쌌을 것이다
목말라본 적 없는 몇몇 도시의 부자들은
사랑하기에 경계하는 사람들을 이해하지 못한다
철부지와 노숙자는 절대 같은 단어가 아니다
언제나 낭만적으로 보이길 원하는 파리의 뉴스는
태양이 꺼진 사막, 그 후에 대해 이야기한다
뜨거운 사막을 만난 적이 없었거나
낙타 없이 횡단하던 때를 벌써 잊은 탓이다
모두가 과정이 아닌 결과만을 바라보는 날
단순히 목숨을 연장하는 것 이상의 욕심은

영영 가질 수 없을지도 모른다
도시는 이미 소멸되고도 남을 만큼 늙어버렸으므로

바다로 간 개떼

해가 진 바닷가에 하나둘 모여든 개떼
오늘 밤에는 인간들처럼
모닥불 피워 담뱃불을 붙이고
와인으로 세계평화를 위해 건배한 다음
소리지르고 춤을 추며 해변을 산책할 것이다
오늘을 개 인생人生의 탄생일로 선포한다
토끼 같은 새끼들을 위해서였지만
인간 앞에서 재롱떨며 꼬리를 흔드는
개 같은 견생犬生을 살기 싫었다
인간을 모시고 함께한다는 것은
동물다운 삶을 포기해야 가능한 일이었다
인간 같지 않은 인간이 주던 개밥
살기 위해 목구멍으로 넘긴 것에 회개한다
인간보다 더 인간적인 개가 되리라
개꿈을 이루기 위해 인간을 떠나 뛰어다녔다
오늘의 시간은 비록 산산이 흩어지더라도
새로운 해가 뜨는 곳이 필요했다
검붉게 변해가는 태양을 반대로 쫓아
동쪽 해변으로 몰려든 개떼
대면할 새벽의 빛에 부담을 느껴

숨을 고르며 으르렁거려도 보지만
내일을 씹어 삼키기 위해 오늘은 참아야 한다
인간에게 내몰려진 어두운 미래를 향해
네 발을 꼿꼿이 디디고 우렁찬 목소리로
아침이 올 때까지 짖어댈 것이다

세상은 요지경瑤池鏡

인간이 위대하다거나 히말라야가 정복되었다거나
엄홍길 대장이 결국 달까지 올라 그대로
떡방아 찧는 토끼가 되었다는 전설을 들었을 때부터
세상은 거짓이거나 알쏭달쏭한 요지경 속이다
너만 사랑한다는 청춘의 덫에서부터
국민을 위해 살겠다는 정치인의 힘찬 구호와
세상 어느 곳에나 희망은 존재한다는 스승의 말까지
부모의 마음은 누구나 모두 같단다 애야
손해를 감수하고 더 얹어주겠다는 장사치들
앞으로 잘하라는 채찍으로 알고 노력하겠다는
어느 시상식에서 내뱉은 나의 수상소감까지
우리는 모두 같은 요지경 족속이다
사람의 인상은 과학이라는 순진한 아이들과
첫인상이 항상 나를 배신했다는 피해망상주의자까지
세상에서 살아남기 위해서 먹고 살기 위해서
아침에 일어나면 거울을 보며 표정을 연습한다
살아남는 자가 강한 것이 아니고
그저 돈이 많은 남자이거나 섹시한 여자이거나
거짓을 사실처럼 표현하는 인간이라는 걸
밤마다 쓰러지는 전봇대를 일으켜 세우며 탄식한다

이제는 거짓이 사실이 되어버린 요지경 세상
아침부터 부부싸움을 하고 사우나로 출근하려다가
긴급호출 받고 짜증내며 교통사고 점검을 나온
평생 경사 계급장의 늙은 경찰이 뒷짐 지고 둘러대는
운전자의 부주의라거나 신호등의 무책임이거나

반도의 봄

따스한 바람이 알싸한 공간을 휘저어
잊힌 기억의 눈을 뜨게 하는 오늘
이제 살 만한 시간이다
날마다 피고 지기를 반복하던
그 옛날 흰 색과 분홍의 무궁화 향기에
용해되지 않고 가라앉았던 역사가 떠오른다
언젠가 자신의 조상들처럼 인해전술로
황해를 건너는 드센 미세먼지와
뿌리째 뽑힌 명량에서의 소멸을 잊은 채
바다에 방출되는 방사능 오염수
황사는 흙이고 오염수는 물이거니
대륙은 덩어리요 섬은 한 줌 모래알이라
다음 세상은 불로써 심판되리니
섬나라의 화산 폭발이요
진실을 왜곡하는 오랑캐의 동북공정은
끝없는 다민족의 분열로 결말을 보리라
반도에서 대양으로 뻗는 기운이
민족의 거대한 시야를 더욱 넓히고
열린 귀에 우렁차게 메아리치는
열매 맺으러 피어오르는 꽃들의 노래

조금만 참고 견디어라
우주에서도 번쩍이기 시작한 극동의 별
북극성으로 오를 때가 이르렀느니
준비 끝낸 민족에게 울리는 출발 총소리
절대 다시는 겨울로 회귀하지 않을 것이리라

3부

막내딸 길들이기

아침 사과는 금사과라며 특히 껍질째 먹는 것이 몸에 더 좋다고 각종 매체와 서적들이 지껄여대고 있다 비만 억제, 변비 치료와 예방, 노화 방지, 암과 성인병 예방, 생활방사능 배출 등 사과의 갖가지 성분들이 우리 몸의 독과 살을 빠지게 해주고 쾌변을 돕는 기능까지 뛰어나다고 한다 그뿐 아니고 장내 유익한 세균 증식, 중금속 배출, 탁월한 항산화 효과까지 아니, 사과라는 과일은 도대체 하느님보다 위대하지 않은가

아침에도 삼겹살을 구워주면 잘 드시는 지상의 천사께서 유독 아침 사과를 좋아하지 않는다 사과 한 개를 8조각으로 잘라 절반인 4개를 주는데 언제부턴가 그만 이뻐져도 충분한 미모라며 앞으로는 3개만 먹겠다는 거다 그것도 아빠 성의를 봐서 자기가 인심을 쓰는 거래나 어쨌대나, 굳이 하나 더 먹이고 싶다면 현찰로 만 원을 내라 협박까지 하는 거다 이런, 하느님과 동급인 대한민국의 시인께서 그깟 일로 눈 하나 깜짝할 리 없지

6조각으로 잘랐다

심메마니를 위하여

깊은 산골에 심마니가 살았다
날마다 그는 산삼을 찾기 위해 더 깊은 산속으로 들어
갔다
맞닿은 두 손과 신발이 닳도록 온 산을 헤매고 다녔다
늘 허탕만 쳐도 상심하지 않았으며
산삼을 발견한 날은 수확할 수 있음에 감사했다
그럴 때면 몇십 리 길을 걸어 장에 팔아 허기진 배를
때우곤 했다
어느 날 심마니는 뒷산에서 커다란 산삼을 몇 뿌리 캤고
소문이 퍼져 사람들에게 선망의 대상이 되었다

언제부턴가 산골에는 산삼을 캐려는 사람이 늘어났다
사람들이 많아지다보니 산삼을 구경하기는 더 힘들어
졌다
입구에 슈퍼와 여관도 생겨나고
모여든 사람들은 산기슭을 일구어 인삼을 심기도 하
였다
그래도 자기들끼리는 여전히 심마니라고 불렀다
근래에는 인삼을 대신 사고파는 사람들까지 들어왔다
심마니가 오래 산다는 헛소문이 퍼져

도시의 부자들까지 산으로 와 자리를 잡고 있다
이제는 인삼쟁이, 중개업자, 부자들까지 심마니라고
부른다

시끄러운 도시를 피해 들어온 나는
귀를 막은 채 무를 심고 있다

자백에 관하여

젊어서는 그랬지 1차는 소소하게 삼겹살에 쐬주가 좋
지 셋이서 다섯 병이면 모든 게 딱 좋아 빈 위장으로 짜
릿하게 알코올이 스쳐 내려갈 때면 자취하던 시절 쫄쫄
굶은 늦은 시간에 모여 라면 끓여 맥주잔에다 쐬주 들이
키던 추억을 회상하며 킬킬거리지 그 와중에 한 놈은 여
자끼리 앉은 옆 테이블에 같이 한잔 하자고 들이댔다가
단칼에 퇴짜를 맞기도 하고, 그런 거

지금이야 시간나면 시를 쓰지만 그때는 수컷 본능이
왕성한 시기였으므로 아름다운 밤을 위한 2차 모의를 하
지 오늘 저녁 어떻게 하면 위대한 남자답게 밤거리의 빛
나는 별로 뜰까 하는, 하찮은 술 몇 잔에 이성을 팔아버
리는 추잡한 밤이 되곤 하지 백악관에 입성하니 꽤 많은
여자 시민들이 우릴 보려고 모여 춤추며 열렬히 환호하
고 있대 역시 술과 인기는 비례하는 게 맞지

허나 청춘사업은 실패에 또 실패를 거듭했으니 말이
지 단지 진지하게 인생에 대해 토론할 목적 이외에는 아
무것도 없는데 적들이 믿어주질 않으니 단골 호프집으
로 3차 출동을 할 수밖에 없지 궁전으로 들어가니 진이

가 버선발로 뛰어나와 마중을 하네 이것 보라구 이 시간
까지 잠 안 자고 나를 기다리는 궁녀들이 이곳저곳에서
숨을 쉬며 팔딱거리고 있는데 말이지

인생人生이라는 허虛

산꼭대기에서 출발해 바다까지의 여행을 포함한 긴
여정이다
여정은 보이지도 않는 바다를 떠올렸을 때부터 계산
에 넣어지고
산 아래로 걸음을 떼는 순간 여행은 시작된다
시작은 미약하다 그러나 미래는 찬란하다

빛바랜 한두 개의 별들마저 잠든 새벽
솜털 하나 보이지 않는 알몸으로 길을 떠난다
때로는 북극성을 보고 방향을 잡기도 하지만
사방 천지 수많은 길들 중에 하나만 선택한다
산을 벗어나면 바다로 향하는 도로를 달릴 수 있다
내려오면 다시는 오를 수 없는 먼 봉우리
누구를 위해 놓인지 모르던 어릴 적 찐고구마처럼 희
미하다
돌아볼 때마다 아쉽고 원망스럽다
산등성이를 벌겋게 사르며 태어났지만
희끗희끗한 검회색 숯 무더기만 남기고 불길은 꺼질
텐데

>

바다에는 늘 한 마리
형체가 보이지 않는 고독이 헤엄쳐 다닌다
그가 힘에 부쳐 잠시 자리를 비울 때면
우주를 꼭 닮은 황량荒涼이 자리를 대신한다
황량은 존재조차 파악되지 않기에
오랜 시간을 거쳐 의미를 새겨넣어야 한다
고독에서 비늘이 제거된 것이 혹 황량이 아닐까
익숙한 비릿한 냄새는 왜 없어지지 않는지
잠시라는 세월이 흐른 뒤에야
모두가 합쳐져 그리움으로 모인다
하나가 된 날을 반기듯이 석양은 수평선으로 젖는다

마지막은 언제나 아름답다
그렇지만 찬란한 바다 그 이상은 애초에 존재하지 않
는다

어떤 이름

조보기란 친구가 있다 어느 봄 모내기를 도와주러 시골에 갔는데 그 일대가 조씨 집성촌이라 사촌과 육촌 팔촌까지 모두 모이니 웅장하더라 인사를 나누기 시작하는데 조감기입니다 조개기예요 이렇게 시작된 명단이 객기 경기 공기 구기 궐기 극기 납기 단기 대기 독기 동기 등기 똘기 말기 명기 무기 반기 발기 백기 변기 병기 부기 사기 상기 생기 석기 성기 헉헉, 그리고 심기 양기 역기 인기 일기 임기 자기 재기 전기 제기 종기 진기 찬기 창기 취기 투기 표기 필기 형기 호기 홍기 회기 활기

머, 나도 이름 가지고 뭐라 할 만한 인간이 못 되므로 마음속으로 헐, 흉기나 살기가 없어 그나마 다행이라고 한껏 웃고 지나쳤는데 막걸리타임 때 사촌 한 명이 다가와 친한 척을 하는 거다 이때가 기회다 싶어 슬기란 이름은 제법 쓸 만하게 보이는데 왜 빠졌냐고 물었더니 그땐 유행이 아니었대나 어쨌대나, 그럼 저 많은 흉악한 이름들은 죄다 유행을 탔었다는? 그러면서 자기도 늘 이름이 못마땅해 외아들만큼은 돌림자를 사용하지 않은 순우리말로 한동안 인구에 많이 회자되던 이름을 사용했다고 말하더라

그러시군요 잘하셨네요 이름이? 아, 까치

99번째 버킷리스트

열두 번째 사랑이 떠나고
문세형 노래처럼 사는 게 지겨워지더라
두 개 남은 버킷리스트 중 더 어려운
공장 일 년 다니기를 실행할 때가 온 거지
모든 걸 끊고 천안공단으로 내려가
돈 많이 주는 데 말고
덜 힘들어 보이는 공장을 골랐다
아침 8시 반부터 9시간 쉬지도 앉지도 않고 뺑뺑 돌아
가는데
골프처럼 패션에 신경쓸 일 없어 좋았지만
헬스 운동보다는 좀 넉넉한 지구력을 필요로 하더라
혹 지각이라도 할까 소주도 그때 끊었다
72체중이 한 달 만에 64로 빠지고 허리는 30
화장실은 굵고 길게 때깔도 좋고
세 끼니를 어릴 때 수준으로 먹게 되더라
확실한 다이어트를 원하는 분들은 한 달, 천안으로 가
시라
도시의 비계덩어리들 딸딸 오토바이 타고 일수명함
날리고 다닐 때
예상외로 체격 작은 친구들만 빼곡해서 가슴 아프더라

그렇게 차곡차곡 일 년을 살아보니
천안에선 사는 게 사는 거더라
삶이란 생각하는 게 아니라 사는 거더라

시간 투자

아버지가 의사인 친구가 있었다 죽기보다 공부를 싫어하던 친구는 아버지의 잘난 권유에 시달리며 반복적으로 의대를 노크했다 관성의 법칙 7년 만에 결국 변두리 의대에 붙었다는 인간 승리의 소식을 들었다 그 뒤로는 아무런 탈 없이 대한민국의 의사 사장이 되어 살기 싫다고 울며불며 책을 집어던지던 역사는 까맣게 잊고 시바스 리갈이나 렉서스 정도로는 양에 차지 않는 위대한 아메리카의 기러기 아빠로 날아다니고 있을 것이다 바람의 세기와 방향만 조정한다면 그리 나쁜 비행은 아니다

아버지가 일찍 돌아가신 친구가 있다 대학을 중퇴하고 고민하다가 머리 깎고 눈물을 찔끔거리며 산속을 들어가는 대신 논산훈련소로 향한 이력을 가졌다 9급 법무직 공무원으로 시작해 오르막이 심한 대한민국 경제의 언덕에서 15년 동안 시시포스의 바위를 굴렸다 운좋게도 공짜 법무사 자격을 덜컥, 받아 연봉이 억, 소리나게 오르면서 노래방에서 발렌타인 21을 가끔 쏘기도했다 지금은 인기가 시들해져 힘들다고 지랄, 엄살, 애교를 부리지만 그래도 먹고살 만한 법무법인 대표로 뛰

어다닌다

 아, 나는 가슴 저리는 사랑놀이만 터벅터벅 40년이 넘
었다

관계의 끝

사람들은 잘 모르겠지만
그와 관계를 맺게 된 모든 이들에게는 애초에 매겨져
시작된 공무원 직급 같은 급수가 있다

길을 지나다 눈인사를 나눈 할머니는 9급
짧은 치마로 인해 눈길이 가게 된 꽃집 아가씨는 8급
학교를 같이 다닌 동창생들은 죄다 7급부터 시작되었
지만
소꿉친구나 짝꿍들은 6급 출신이 대부분이었고
사랑스러운 그의 딸들은 태어나자마자 무려 고시 패
스와도 같은 5급 사무관이란 직급이 주어졌던 거다
계급은 관계가 좋아질수록 승진하였다가 멀어질 때는
강등되기를 반복하였는데
오를 때는 하나씩이지만 떨어질 때는 두세 단계씩 하
강할 때가 많았다고 한다

관계도를 정밀하게 분석해보면
행정부와 사법부의 직급뿐 아니라 경찰과 군인의 계
급까지도 인용해 사람들을 분류해놓았는데
믿을 수 없는 인간관계의 변화무쌍함과 개인의 특수

성을 고려해서 문무文武를 구별해놓은 것은 그의 탁월한
선택이 아닐 수 없다

　어쨌든 지금은
　급수 외로 분류되어 완전히 퇴출된 사람과
　대우에 만족하지 못해 스스로 퇴직한 대상도 있고
　처음보다 1단계 정도만 하락한 유능한 친구들도 꽤 있
지만
　진급을 거듭한 사람들은 딸들밖에 없다는 소식이다
　그가 최근에는
　세 딸들조차 아직 올라보지 못한
　최초의 여자 총리를
　특채로 물색하는 중이라 한다

투표 전쟁 2012

계엄군의 일원이었던 아버지는 그네만 탄다 투표 전날 조용히 독대를 청해 말씀을 드렸다 우리가 살아갈 날이 더 많은 나라이니 이번부터는 저와 애들에게 맡기시고 여행이나 다녀오는 게 어떻겠냐고, 군대 다녀오신 분이니 잘 알지 않느냐고, 새로운 분대장에게 힘을 실어달라고, 권력을 찬탈당한 상태에서도 아버지는 승복할 수 없다는 듯 묵묵부답이었다 그날 같이 목욕을 가지 않았다

이번에 처음 투표권을 가진 큰딸은 철수의 팬클럽 소속이다 어려서 영희와 바둑이만 쫓아다닌 사실을 알 리가 없는 아이에게 인기는 나름 철학이었고 그대로 가슴에 찍힌 희망이 되었다 절대 교과서 밖으로 나오지 못하는 철수가 양보할 수밖에 없는 상황임을 잘 아는 나로서는 당연히 아군이 될 거라는 생각에 전혀 신경을 쓰지 않았는데 위기는 늘 작은 불찰에서부터 시작되곤 한다

투표 당일 어머니를 아버지와 하루 정도 감정적으로 흐리게 해 투표장을 나와 함께 가도록 만든 다음 집을 나서는 딸에게 슬며시 물어보았다 헉, 놀랍게도 아빠의 문제 때문에 자기의 스타가 빛을 잃었다며 그네를 탈 수밖

에 없다고 울분을 토한다 작은 불씨가 드디어 화재를 부
른 것이다 추가 바람을 막기 위해 아무것도 태우지 않는
대가로 3억 줘서 거래를 마친 후 결과를 기다렸지만

　노력해서 풀지 못하는 문제도 있더라 여행 떠난 아버
지의 그네가 이겼다

코리아 카페

문을 연 지 어언 오천 년이 된 카페
코리아는 지리적 요건이 그리 좋지 못하다
장사 수완도 뛰어나지 않았고
주인 성격이 냄비 같다느니 뭐니 하지만
그건 다 옛날얘기다 가끔은
형제들 사이 언성을 높이는 일도 있지만
카페는 어느 정도 궤도에 올라섰다
동네 단골손님도 많아졌고
다른 도시까지 이름이 꽤 알려진 상태다
이제 먼 나라 관광객들까지 자주 찾는
코리아 카페는 역사만큼 메뉴도 다양하다
헤이즐고조선, 부여마끼아또, 고구려라떼, 옥저모카
하라, 삼한스무디, 백제프레소, 신라빙수, 가야푸치노,
고려모카, 조선에이드, 아이스재팬, 그리고 코리아-아메
리카노
개인적으로 백제프레소와 고구려라떼를 좋아하지만
요즘 들어 손님들이 선호하는 메뉴가 바뀌었다

가야푸치노
예수와 비슷한 시기에 김해에서 알로 태어난 후

21세기에 거제까지 승승장구 중이다
몇 년 전부터는 판매량이 급상승

아이스재팬
가지도 말고 사지도 말자
가뜩이나 저조했던 판매가 아예 끊겨버림
생각해볼 필요도 없이 메뉴를 없애려 한다

코리아-아메리카노
이름만 그럴싸한 여러 가지 섞어 커피
늘 인기 상품이었지만 언제부터인가 하강 중이다
조금만 더 지켜보다가
매운맛 컵라면으로 바꿀까 고려 중

하지만 유행이란 언젠가는 지나가게 마련이므로
미래를 위해 새로운 메뉴를 하나 개발 중이다
누구에게나 달디단, 코리아단합초코

4부

어떤 사랑 5
— 삼베적삼

그 사랑 씨앗으로
삼을 기르고
쪄서 벗겨 햇볕에 말려
피 절절 나는 손톱으로
잘게 쪼개고 찢고
비비고 비벼 꼬고 또 꽈
가는 실 만들어
씨줄과 날줄로 곱게 엮은
베 두어 마 짰네
고름 한 쌍 달지 못하는 적삼을 향해
뼛골 빠지게 바친 세레나데
사랑의 길쌈도 잠깐
깃댈 시간 없이
덧댈 새하얀 동정도 없이
솔기 뒤집은 채 할무이 싸매고
무덤으로 들어가라니
흑,
밤새 눈물로 적삼 짓던
빼앗긴 설움에

어떤 사랑 6
— 환절기

그 사랑 감기몸살
불쑥 뼈마디가 쑤시고
오슬오슬 오한이 찾아온다
군불 꺼진 아궁이처럼 허한 가슴도
이별을 예견한 듯 떨려
방구석에서 이불 뒤집어쓴 채
밤새 잠 못이루는
또 하나의 계절
낮과 밤의 온도 차이는
하염없이 멀어지기만 한다
때만 되면 이유도 없이 오싹
온몸에 소름이 돋아
홍역을 치르듯 번지는 반복된 시간
건조한 공기를 기억하는 섬세한 촉수로
피부는 다시 꺼끌꺼끌해지고
눈물과 콧물이 번갈아 흐르는
닫힌 입속에서 마지막 침이 마르는
ㅜㅜ,
사랑 보충이 몹시 시급한

어떤 사랑 7
—비상구

그 사랑 화재경보
흔한 사이렌 신호 한 줄 없이
뿌려지는 물줄기도 없이
붉게 녹슨 스프링클러 삐거덕대며 돌아간다
제대로 한번 태워보지도 못하고
차마 재로 남을라
어서 비상구로 뛰어간다
평상시에도 엘리베이터
당당히 타지 못하고
계단 구석으로 숨어 다녔다
남몰래 오르내리며 가슴은 늘
비상시처럼 쿵덕거렸다
때론 굳게 잠긴 철문 앞에서
심장이 지하 주차장까지 떨어지기도 했다
허,
사랑이 죄라던가
배를 정박할 수 없는 항구도 있다던가
비상구 통하지 않는 사랑은
언제쯤 동녘의 태양으로 떠오를지

어떤 사랑 8
— 응급실

그 사랑 혼수상태
응급차에 실려 떠나간
마지막일지 모를 새하얀 바다
침상 퍼렇게 둥둥 띄워진
희망까지 불투명한 공간
과연 처음으로 돌아갈 수 있을지
풍랑 특보가 해제라도 되면
깜빡,
멀리 등댓불이라도 보일는지
예측도 기약도 사라져가는 밤
칠흑같이 어두운 항해지만
다시 오마는 굳은 다짐만 하자
힘 빼고 누운 상태 그대로
먼 파도에 밀렸다가
아주 아주 멀리 갔다 깨어나
일반실로 들어가는 날
그날이 오지 않는다 해도
절대 놓칠 수 없어
오른주먹 속에 꽉 움켜쥔
아직 파닥거리고 있는 파랑새 하나

어떤 사랑 9
— Time out

그 사랑 시시각각
귓속말 다정하던 어제는
광년을 잠깐 빛으로 넘나들더니
길게 멀어져간 오늘
시계 초침마저 회전을 멈추고
애간장 저미는 침묵만이
자정 넘긴 무인도의 어둠처럼 깊다
잔잔하던 바다마저 어쩔 줄 몰라
얕은 잠을 깨워 억지 파도를 만든다
못내 헝클어진 해변과
지루한 밤을 깨우는 기러기 울음
먼 섬까지 날아보았다가
다시 돌아와
반복된 작은 원을 그리는 아쉬움이여
그때,
꼭 잡고 놓지 않았다면
오로지 영원뿐이었을 것을
하루하루 이렇게
흘러내리는 모래성은 아니었을 것을

어떤 사랑 10
—바위

그 사랑 온 길을 헤매도
바위에 앉아서는 안 되느니
하늘과 맞닿은 곳 빌려쓴다면
죽을 때까지 사랑받을 수밖에 없으니
사랑받는 자는 행복하느니라
받기만 할 수 없어
천 년 무료함을 달래주러 나설지 모르니
밤새 꿈같은 시간을 나눌 수 있으니
정이란 무서운 것이니라
무거워 움직이지 않는 것을
듬직하다 여길 수도 있으니
자신도 모르게
깊이 가슴에 새겨질 수 있으니
반복된 행위는 역사가 되느니라
가던 길 멈추고 어쩌면
영원히 눌러앉으려 할지 모르니
풋,
어차피 바위와의 사랑
밤이 오고 바람 불면 싸늘할 테니
아침 해가 뜨고 나면 잊히고 말 테니

어떤 사랑 11
―어머니

그 사랑 너무 깊어
어머니의 강이라 하나
쉽게 건널 수 있는 물이 아니지
아무리 애를 써보아도
잊을 수도
절대 잊히지도 않는 지난 날
모든 기억들이 오색풍선으로 부풀어
무더기로 하늘을 날아오르는 것
이제는 절대로 잡히지 않을
현실 바깥에 있는 아픈 꿈이지
후회해도 소용없는
버겁기만 한 야속한 추억이지
,
어머니는
동이 터오는 새벽녘
마지막 컴퓨터 전원을 껐을 때
모니터에 잠깐 비쳤다 사라지는
안타까운 내 모습이지

어떤 사랑 12
— 노래방

그 사랑, 내비게이션 없어도
보도방 삼촌만 안다면
어디든 찾아갈 수 있지
이름은 진이
낮에는 조그만 옷가게를 하지
지난 주 직업은 도자기 굽는 예술인
현금 삼만오천, 카드는 사만 원
이차는 정중하게 사양합니다
진실한 사랑을 찾으러 나왔습니다만
그리 어렵지 않네요
금영 교과서 독파하는데 6시간 반
캔맥주 두 꾸러미와 과일 안주는 기본
술을 잘 못하지만
사실은 폭스바겐을 타고 나왔기에
쓰레기통이 대신 마셔줍니다
뺨빠라밤 100점 나왔으니 만 원 주시고
한 시간은 아쉬워 연장해야지요
너처럼 이쁘게 생긴 여자는
태어나서 스물일곱 번째 본다네
내일이면 있을 수도 있고

아마 안 계실 수도

어떤 사랑, 마지막
― 100이 한계인 숫자의 일생

그 4랑, 19에 길을 잃었지
첫걸음2 첫여행2었으니 그럴 수밖에
그림자까지 태우는 청춘의 4막에서
물도 낙타도 없2 혼자 걸었지
그 2후로 난 아무것도 힘들지 않아
과녁을 못 찾던 21에 군대를 갔지
자욱한 최루가스가 낭만적이던 전쟁터
18년보다 깊은 2년 반의 상처만 남기고
24부터 체육관에서 몸을 닦기 시작했지만
타버린 그림자는 나타나지 않았어

35 언저리에는 골프투어를 전국으로
6년 동안 최저타 84 평균 100
운동이라기보다 스트레스만 늘고
50까지는 배낭을 메고
1년에 100번씩 10년 동안 산에 올랐지
더 단단하게 심신을 단련했지만
마지막 산을 내려5는 날
사실 그 2전부터
자연과 인간의 갈림길에 망설2고 있었어
발칸반도 카르파티아산맥에 숨어 수100 년 동안

4랑을 허비한 루마니아의 드라큘라 100작처럼
낮에는 지하철관 속에 들어가 나5지 않았지
그렇게 0혼까지 닦아내기를 16년
내게 새로운 그림자가 붙게 되었어

긴 세월 동안 마음도 늙어
2제 모든 것을 반으로 줄여야 할 때
70까지 2렇게 하려고 해
자전거 페달2 부서지도록 밟는 거야
힘들면 마음 가는 데서 쉬었다 가고
80까지는 해가 지는 해변을 무한정 걸어야지
매끈한 몽돌처럼 모나지 않은 영혼을 만들기 위해
81부터는 마라톤으로 바꾸어볼까
주제넘게 풀코스를 뛰지는 말아야지
90이 되어서는 조깅을 아주 조심스럽게
그 2후로는 지팡2 벗 삼아
산책2나 해야 되겠지
과연 날2 있을까
동행하는 친9는
하나 있을까

어떤 사랑, 다시 3
— 벽

그 사랑 쌓기 위해
꿈속과 사막
회색비 오는 도시의 포장마차로
죄다 찾으러 돌아다녔다
아쉬움이 남지만
약삭빠른 후회는 하지 않기로 한다
끊임없이 뛰어도 닳지 않던 심장과
변치 않기를 바라던 머리
이제는 모두 푸석해진 벽으로 남아
물기 마른 침묵 앞에 서 있다
보이는 것은 극히 일부분이란 걸
그땐 알지 못했다
볼 수 없는 부분까지 지긋이
마음의 눈으로 바라보아야 했다
뒷산의 황토를 빚어 벽을 쌓을지라도
콘크리트 같은 믿음으로 기반을 잡아
그 위에 정성을 바쳐야 했지만
어쩌면 사랑은
높은 벽을 세우려다가
채 굳지 않은 약속에 의해

흙으로 부서지는 과정일지 모른다
끝내 끝끝내

5부

삶이란

고작 빵을 굽고 사랑을 심는 일

장미의 이름

장미꽃은
혼자 피지 못한다

비 오다 갠 하늘
가시
진흙 속 지렁이
할매의 호미

세상이 장미를 만든다

그래서
장미의 이름은 하나가 아니다

오늘의 이름은
장미이파리

꼭 꽃만이 주인공은 아닌 세상

반복되는 이별에 대하여

자주 만나게 되면
만남에도 그늘이 생긴다

또는 아름다운 재회를 연주하기 위한 전주곡

잠만 깨면 끝내 호랑나비를 잡고야 말겠다고
앞산에 오르는 늙은 고양이의 집념과
겨울이라는 현실

당신 없이는 그저
한 마리 지독한 고양이에 불과한데

해가 중천에 떴을 때
태양도 나도
하늘과 산을 내려갈 수 있다는 것을

그때는
알지 못했고

지금은 시간이 없네

창조주와 동급인 시인이고 조물주보다 높은
건물주인 the reason for my existence

You

외로움이란 것

사람은 외로워 사람을 만나고
그 사람 때문에 더 외로워지느니

사람만이 외로운 줄 알았다
가진 것이 없어 외로운 줄 알았다
사람에게 줄 것이 없어 외로운 줄 알았다
한없이 높아 우러르며 쳐다보는 하늘과
석양까지 보듬으며 같이 울어주는 바다는
외로움을 이겨낼 수 있는 줄 알았다
하늘과 땅이 처음 열릴 때부터 억만 년을
같은 자리 떠나지 않는 바위산은
외로움이 감히 근접할 수 없는 줄 알았다
자연은 결코 외롭지 않은 줄 알았다
그래서 자연은 무너지지 않는 줄 알았다
세월이 지나 나도 이제 자연이 되어보니
외롭지 않은 것은 세상에 아무것도 없느니

사람은 외로워져 사람을 떠나지만
그 사람 때문에 다시 되돌아오느니

Loneliness

Feeling lonely sometimes leads you to meet someone,
but that can make you feel even lonelier.

I always thought loneliness was just a human thing.
I thought I was lonely because I didn't have anything,
I believed that lack of giving made me feel lonely.
I thought the sky, vast enough to gaze at endlessly,
and the sea, which seems to weep as it embraces the sunset,
could transcend loneliness.
I assumed loneliness would never dare approach
the rocky mountain, which has stood
for billions of years since the heavens and earth first opened.
I imagined that nature could never feel lonely,
leading me to believe that it would never falter.
However, as I grow closer to nature, I
realize that nothing in this world is free from loneliness.

>

You may leave someone when you're lonely,

but you often find yourself returning because of that very person.

나의 영역

연녹색과 개나리
잠 덜 깬 모래흙이 어우러지는 봄날에
성냥개비 두 알을 가지고
들판으로 향하여 서다

생기 도는 바람에 주름진 이마를 씻으며
나무그루터기가 숨을 할딱거리는 땅에
한 평 남짓
나의 원을 그리다

떨리는 목숨으로 아우성인 새싹들과
하늘을 향해 발버둥치는 줄기들
언제인가 본 듯한
치밀하게 일정한 야단법석

아름답지만

봄비가 갓 지은 울타리를 침범하여
영역을 따스하게 적시다
자유롭게 흩어진 흙의 파편들과

지워지고 일그러진 선

겨우내 아무도 건들지 않던 나의 전부
나의 성城이 무너지다
이제부터는
모든 세상이 나의 영역이다

영원했으면

바람에게 전하는 말

오래 전에 태양을 꿈꾸던 적 많았지
보름달보다 환하고
모닥불보다 따스하던

태양을 바라본 적이 있었지
단 한 번
눈길을 빼앗겼을 뿐인데
눈이 멀어 아무것도 볼 수가 없었어

가까이 가본 적이 있었지
무지개 빛을 더듬으며 다가갈수록
살이 타고 뼈가 녹아들었지만 기꺼이
태양의 일부가 되고 싶었어

이제 태양이 싫어 아무리 애를 써도*
온통 플라즈마로 덮인
코로나 벽을 통과할 수가 없어
도대체

차라리 멀어지고 싶지만

달아나려 죽을힘을 다해보지만
이미 거대하게 들어온
태양의 중력을 어찌할 수 없어

다가갈 수 없고
멀어지지 못하니 이제
그만둘 수밖에 여행을
쓸쓸하겠지만

아쉬운 그림자는 남겨두려니
바람이여 흔들지 마오
에메랄드보다 순결하고 이슬보다 영롱한
내 영혼이여

*Rain(비)의 음악 〈태양을 피하는 방법〉.

큐피드의 조언

그립다는 것이 만남의 필요조건이지만 충분조건은 아
니다 그러므로
죽을 만큼 그리워하지 말 것

기다림은 만남을 목적으로 한다
하지만 오랜 기다림만이 만남으로 승화되는 것은 아
니기에
지루해 죽지 않을 만큼만 기다릴 것

병약한 그리움은 이별을 낳게 되고
건강한 그리움이라 해서 만남이 이루어지지 않는다
결국 만나지 못하더라도 죽지는 말 것

기다림의 끝에 만남이 더디면 이별을 준비해야 한다
망설이지 말고 실행에 옮기되
죽어도 아쉬워하지 말 것

살다가 살다가 생각이 나면
아프더라도 지난 추억에 묵념 올리지 말 것
죽도록 사랑했으나 죽지 못했으니

September

태양이 숨을 죽이고 있다
머나먼 지평선부터
붉은 색이 엷어지고
대지의 열기도
어제의 그것이 아니었구나
뜨거웠던 사랑도
어느덧 줄고
나비의 날개에는
서늘한 바람이 인다
가을이다
여름은 이 땅 위에
고독과 애수만을 남긴 채
초연히
포도송이 사이로 몸을 숨기고 있다

종점을 향한 사랑의 여정 속에 탄생한 비극적 지혜

김홍진/ 문학평론가, 한남대 교수

1. 절정을 향한 여정

남상광의 『만남에도 그늘이 있다』는 시인의 세 번째 시집이다. 시인은 2014년 월간 『시문학』을 통해 등단한 후 같은해 『지뢰 같은 사랑』, 여섯 해 뒤 『빵인人을 위하여』(2020)를 상재한 바 있다. 첫 시집을 내고 6년 만에 두 번째 시집, 그리고 다시 5년 만에 세 번째 시집을 상재하는 것이다. 그러니 물리적 시간에 비한다면 그는 다작의 시인은 아닌 듯하다. 이런 느림과 숙성의 시적 보행이 시인의 시세계에서 의미하는 것은 무엇일까? 그가 다른 시인들의 작업에 비해 비교적 더딘 시적 생산량을 보이는 이유는 물론 태만이나 성실성의 문제라기보다는 사유의 깊이와 시적 완성도를 담보해내기 위함으로 보인다.

시의 생산량이 많다고 하여 그 시적 의미나 미적 가치를 담보해주는 것은 아니다. 한 시인의 시적 역량이나 가치를 양적으로 판단하는 일은 어리석은 짓이며, 또 그러면서도 적당량의 시는 한 시인의 시세계를 구성하고 판단하는 데 주요한 근거이기도 하여 외면할 수만은 없는 노릇이다. 그러한 까닭에 남상광의 비교적 더딘 시적 행보에도 불구하고 이번 시집이 던지는 서정적 사유들은 그의 시적 편력에 중요한 의미를 지닌다. 다섯 해를 묵혀 일군 이 시집은 분명 그의 첫 번째 시집과 두 번째 시집이 간직한 서정세계를 연속하면서 이를 심화 확장하고, 또 단절하면서 새로운 서정세계의 탐색을 제시하고 있기 때문이다.

우선 이번 시집이 이전의 서정세계와 연속하는 지점은 삶과 세계의 필연적이며 운명적인 구조를 탐사하면서 끝내는 그 운명적 구조를 자연의 법칙으로 이해하고 수긍한다는 점이다. 하나의 사태를 인과적 필연성으로 인식한다는 것은 그 사태의 원인을 안다는 것이다. 삶이 운명의 인과적 필연성에서 비롯하는 산물임을 이해할 때, 우리는 삶을 이해하고 자유로 이행할 수 있다. 어떤 것의 필연성을 인식함으로써 비로소 그것으로부터 자유로워질 수 있기 때문이다. 남상광의 이번 시집 역시 삶과 세계 자체의 운명적 구조를 이해하고 자유로 이행하고자 하는 과정에서 탄생한 듯하다. 시집 표제 "만남에도 그늘이 있다"는 진술이 암시하듯 '만남'이라는 행복한 일치와 '그늘'이라는 이면의 어둠이 양가적으로 공존하는 게 삶의 운명이라는 점을 이해하고 포용하면서, 시인은 삶의 구속으로부터 자유로워지고자 한다.

시인은 고통스럽게 걸어가야 하는 삶의 운명적 구조를 이해하고 수긍한다. 이런 관조적 시각과 용납의 미덕은 곧 삶과 세계의 의미에 대한 사유를 더욱 깊고 넓게 천착해나가는 측면을 지시한다. 특히 이번 시집의 시적 스펙트럼은 다양하다. 삶과 세계에 대한 형이상학적 탐구는 물론, 뒤에 살펴보겠지만 사회 현실과 일상의 무의식을 지배하는 현대성의 문법에 대한 비판적 탐색의 징후가 뚜렷하다는 점을 들 수 있다. 즉 궁극적으로 시인은 일상의 지배 문법과 삶의 운명적 고통을 보여주는 동시에 그 고통을 풀어내 어떤 가벼운 마음의 상태에 도달해 있다. 전자의 경우에서 남상광이 보여주는 삶에 대한 깊은 응시와 관조적 성찰의 포즈는 삶에 악착같이 달라붙은 고통과 상처의 흔적을 고스란히 드러내는 동시에 그 무게를 덜어내면서 살아 있음의 존재론적 고뇌와 황홀을 동시에 감싸안는 포용의 시학을 구현한다.

평화의 시대에 존중받던 코끼리도
때로는 굶주린 사자의 목표가 된다
살기 위해서는 멈추지 말아야 하기에
코끼리는 걷고 또 걷는다
언제나 강을 가져본 인간은 갈증을 모른다
코끼리 무리가 세렝게티 대평원을 가로질러
빛나는 산을 향해 백 킬로를 여행하는 이유는
고작 한 모금의 물 때문이다

─「코끼리가 걷는 이유」부분

코끼리의 걷는 행위를 통해 삶의 내면적 심층구조에 대해 사유를 펼치는 인용시의 어법은 시의 다소 무거운 의미 내용과는 별개로 가볍고 경쾌하다. 시인은 그 경쾌함 속에서 "고작 한 모금의 물"로 은유한 존재의 가벼움에 대한 자각과 성찰을 수행한다. "잠시라도 같은 세상"일 수 없는 변화무쌍한 세계에서 살아가기 위해 멈추지 않고 대평원을 "걷고 또 걷는" 코끼리, 결코 절대적일 수 없는 세계에서 절대적이라 할 만한 강한 코끼리도 "때로는 굶주린 사자의 목표"가 될 수밖에 없는 것이 삶의 운명적 구조이다. 또한 삶의 여정이 갖는 그 무상함과 불확실성에도 불구하고 "한 모금의 물"과 같이 작은 목적이나 희망을 통해 살아가는 것이 인생이며 운명인 것이다.

킬리만자로의 "빛나는 산을 향"한 엄청난 여정의 최종 목적은 역설적으로 "한 모금의 물 때문"에 의한 것이다. 삶과 세계는 필연적으로 예측할 수도 없고 (우리에게 보증된 가장 확실한 미래는 죽음뿐이다) 또 변화무쌍한 불확실성에 휩싸여 있다. 사막 같은 삶의 여정은 "고작 한 모금의 물"을 위하여 걷는 것에 다름아니다. 우리는 살아내야 하는 것이다. 삶의 여정은 적요하고 삭막하고 쓸쓸하며, 모호하고 불투명하며, "형체가 보이지 않는 고독"과 "비릿한 냄새"로 '황량荒涼'(「인생人生이라는 허虛」)한 것이다. 그 거칠고 싸늘한 좌절과 방황, 그리움과 기다림, 상처와 고통 속에서 "한 모금의 물"로 은유한 작은 사랑의 희망을 품고 살아가는 것이 삶이다. 말하자면 "찬란한 바다 그 이상은 애초에 존재하지 않"지만 '언제나 아름다운 마지막'(「인생人生이라는 허虛」) 절정을 향해 걷는 여정이 삶이다. 이처럼 남상광의 시는 묵묵히 견디며 걷는 과정에 수반하는 기다림과 그리움, 고통과 상처, 말하자면 '만남'의 기쁨과 '그늘'의 아픔 사이에서 생성된다.

한 시인의 시세계를 몇 줄의 짧은 언술로 집약하기는 어려운 일이기는 하나 남상광이 그간 보여준 서정세계는 그가 이번 시집에서 삶이란 "고작 빵을 굽고 사랑을 심는 일"(「삶이란」)이라거나, "코끼리 무리"가 "세렝게티 대평원을 가로"지르는 여행을 "고작 한 모금의 물 때문이"라는 잠언 같은 표현에 집약 농축해 있는 것처럼 보인다. 말하자면 삶이란 결국 "쭈글쭈글 볼품없는 결말에 이를 것"(「사과의 시간」)을 뻔히 알면서도 "빛나는 산"으로 은유한 최후의 절정을 향해 코끼리처럼 묵묵히 "걷고 또 걷는" 행위에 다름없다. 이는 "삶이란 생각하는 게 아니라"(「99번째 버킷리스트」) 살아내는 것이라는 진술이 환기하는 바이기도 하다.

그 걷는 행위는 사랑의 환희이기도 하고 상처의 고통이기도 하다. 시인은 삶의 고통의 여정을 통해 역설적으로 살아 있음을 확인하고, 사랑을 전망하며, 삶을 사유한다. 신이 죽은 이 세계에서 "새로운 신神이 되어 하늘로 오를 것인지/ 소크라테스의 제자인 인간으로 남을 것인지"(「차원次元의 진화」), 고민 끝의 선택은 아마도 신적 초월보다는 인간의 한계와 본질을 받아들이고 탐구하는 후자의 길일 것이다. 시인은 신이 아니기에….

2. 소실점을 향한 순례의 길

남상광의 시는 유한할 수밖에 없는 삶의 여정 속에서 삶이 필연적으로 다다를 수밖에 없는 종점에 가까이 가 있다. 그 유한의 끝, "번식력이 왕성한 씨앗"의 "더 이상 성장할 수 없는 단계"(「가슴은 성장한다」), 혹은 "아슬아슬한 줄 위에서" 이제는 "볼품없어진 늙은 사자"(「줄 위에서」)와 같이 삶의 여정은 이미 소실의 종점을 전제한다. 삶의 소실점을 향한 여정은 인간의 보편적 운명이며 누구도 거역할 수 없는 필연의 법칙이다. 그것은 차별을 두지 않고 누구에게나 평등하고 공평하다. 소실이나 소멸의 종점, 죽음의 끝을 넘어 지속되는 삶은 존재할 수 없다. 그러므로 삶의 끝에 대한 사유는 삶에 대한 특별한 지평을 열어준다.

특히 시집의 1부에 배치한 시들은 삶의 종점을 향한 순례의 길에 대한 탐색을 집중적으로 보여준다. 말하자면 "서쪽 하늘까지// 여린 잿빛으로 가득해지니// 지친 여행자의 무릎"(「사랑의 현실」)에서 느껴지는 '통증'을 감각하는 것처럼, 시인은 그 통증과 고통과 상처로 인해 역설적으로 "살아 있는 것들의 시간"이 "사랑으로 가득"(「차원次元의 진화」)한 황홀을 지각하며, 삶에 대한 긍정과 포용의 미학을 실현한다. 그만큼 생의 고통과 슬픔, 파란과 곡절에 대한 수용력도 더 깊어진 것이다. 그 삶에 대한 시인의 긍정과 포용의 시선은 지울 수 없는 그리움이나 기다림, 고통과 상처와 슬픔 등을 통해 획득한 것이어서 더 큰 의미를 지닌다.

여기에는 역설이 있다. "매력이 흐르다 못해 철철 넘치던 삶들이/ 붉고 고왔던 어제를 뒤로 하고" "황홀한 기분으로 투신"하는 동백의 "출혈의 현장"에서 "세상에서 가장 아름다운 날은 마지막 날"이라는 진술을 통해 우리가 확인할 수 있듯이 소멸이나 죽음, 상실이나 상처를 통해 삶의 아름다움을 인식하는 사유가 있기 때문이다. 삶은 "한 포기 처연한 목숨"(「사후인생문死後人生文」)처럼 소멸을 향해 살아가는 것이다. 소멸의 풍경에 대한 사유는 사실 소멸이나 죽음, 삶의 유한성이나 사라짐이 아닌 삶의 진정한 의미를 발견하기 위한 것이다. 다시 말해 생의 소멸이나 종점이라는 거울에 비춰진 삶의 진정성을 다시 보기 위함이다.

소멸의 풍경이 발산하는 아우라 속으로 침잠해 들어가 삶으로부터 관조적 거리를 확보할 때, 우리는 아이러니하게도 살아 있음이라는 생이 은폐한 삶의 내면성을 온전히 감가할 수 있다. 이를테면 소멸이나 종점이나 죽음은 삶의 끝이나 사라짐이나 무상성이 아니다. 환언하면 "아슬아슬한 줄 위"에서 펼쳐지는 것이 "고운 현실"(「줄 위에서」)이며, 또 "완벽한 연극을 꿈꾸"지만 결국 "배역에 맞는 춤과 노래를 연기"(「인터미션」)하며 살 수밖에 없는 것이 삶의 근원적 조건과 운명이라는 사실을 각성하는 것이다. 남상광은 삶의 소멸이나 종점은 멀리 있는 것이 아니라 다정한 애인처럼 삶과 함께 동반한다는 평범한 사실을 말한다. 그리하여 살아 있음은 고통이지만 아름다운 것이다.

아쉬운 것들은 사라지지 않는다

억지로 보내야 할 뿐이다

잊어야 하는 과정에서 상처를 남긴다

그래서 지난 사랑은 쓰라린 것이다

떨어져 날리는 날이 돼서야

상처까지 아름다웠노라 말할 수 있다

추수가 끝난 들판에 첫서리 내리는 아침

눈물 같은 이슬을 반짝이며

때를 어기지는 않고 살았노라

이제 잊었노라

비로소 한숨 길게 내쉴 수 있다

─「가을을 보내는 법」 부분

　　마치 지난한 삶의 여정, 그 순례의 종점에 다다른 자가 최후에 내뱉은 언어로 빛나는 인용시에서 시인은 지난 시간에 대한 미련과 아쉬움, 상처와 쓰라림 가운데서 생의 아름다움과 가치를 발견하고, 삶의 여정이 품은 숙명과 근원적 조건을 각성하고 있다. 그것은 "떨어져 날리는 날이 돼서야" 비로소 "상처까지 아름다웠"음을 노래하는 태도 때문이다. 이 시 전체를 지배하는 정서는 "차갑게 변해버린 바람"에 나뭇잎이 "떨어져 날리는 날"이나 "추수가 끝난 들판에 첫 서리"가 표상하는 것처럼 상실과 소멸, 싸늘함과 공허의 이미지라 할 수 있다. '떠나는 계절' '변해버린 바람' '떨어져 날림' '아쉬운 것들' '사랑의 쓰라림' '추수가 끝난 들판' 등의 황량한 이미지들은,

이 소멸과 상실의 분위기를 더욱 정밀하게 하는 보조적 기능을 담당한다. 이렇게 쓸쓸하고 싸늘하며, 또 아쉽고 쓰라리며, 마르고 공허한 이미지들을 감싸안는 것은 아름답고 투명한 결정체로서 "눈물 같은 이슬"의 반짝임과 지난한 삶의 여정의 끝 최후에 모든 것을 수용하며 여정의 끝에 다다른 자의 '길게 내쉬는 한숨'이다. 말하자면 상처와 고통의 부정성으로 인해 오히려 삶에 깊이를 더해주는 법이다.

이러한 이미지들은 남상광 시 특유의 역설적이고 비논리적인 어법에 의해 차분하면서도 역동적인 의미구조 속으로 수렴된다. 상실과 소멸, 고통과 상처는 표면적으로 삶의 비애와 무상, 설움과 슬픔, 덧없음과 황량함 등과 같은 정서를 불러일으키지만 그것은 단순히 부정적인 의미로서가 아니라, 삶의 근원적 조건과 운명에 대한 각성을 가능하게 하는 계기로 작용한다. 이를테면 삶의 고통이나 상처의 부정성으로 인해 삶과 세계는 다시 살 만한 긍정성으로 바뀐다. 그 부정성으로 말미암아 "눈물 같은 이슬"로 삶이 정화되고 빛난다는 역설이 가능한 것이다.

남상광 시에서 소실점을 향한 순례의 길, 그 긴 시간의 여정, 그 파란과 곡절의 "삶은 줄 위에서 시작"해서 "허공과 선을 넘나드는" "코메디아 델라르테의 피에로"(「줄 위에서」)와 같은 운명에 처해 있다. 이러한 인식은 "킬리만자로의 표범을 꿈꾸"지만 삶의 "각본은 언제나 먼지 자욱한 사하라" 사막에 처해 있는 형국이거나, "아침마다

목초지를 따라 떠"돌 수밖에 없는 '가축'(「인터미션」)이라
거나, "새끼들을 위해서" "재롱떨며 꼬리를 흔드는" "개
같은 견생犬生"(「바다로 간 개떼」)이라는 알레고리적 수
법을 통해 삶의 여정을 비유하는 것도 마찬가지이다. 이
와 같은 알레고리적 수법은 "빛나는 산을 향해" "걷고 또
걷는" 이유가 "고작 한 모금의 물 때문"(「코끼리가 걷는
이유」)이라는 비유, "존재를 알리기 위한 울음은 잊은 지
오래"(「사자가 죽을 때」)인 늙은 사자를 비유한 대목에서
도 그대로 표백된다.

 죽음을 앞둔 코끼리나 늙은 사자로 비유된 삶에서 핵
심적인 이미지는 소실점 혹은 종점에 다다른 운명의 처
연함이다. 여기에서 종점에 다다를 수밖에 없는 운명은
삶이 선택할 수 있는 실천적 가능성에 있지 않고, 삶을
규정하는 저항할 수 없는 숙명과 연관되어 있다. 이러한
지난한 삶의 여정이 품은 의미를 심화하는 것이 상처나
고통, 상실과 소멸과 같은 역설의 부정성이다. 요컨대
삶의 운명을 예감하고 그 적막함과 소멸의 불가피성을
시인은 자각하는 것이다. 그러나 그 소멸과 종말을 앞둔
여정은 본래의 덧없고 무의미하며 텅 빈 내질을 드러내
는 것이 아니다. 그보다는 삶의 운명적 내질과 연결된다
는 점에 주목해야 한다. 고통이거나 상처와 같은 부정성
이 시적 주체를 자기애적 내면성에 고립시키지 않고 주
체를 세계와 연결해주기 때문이다. 삶은 "한 포기 처연
한 목숨이었을 뿐"(「사후인생문死後人生文」)이기에 아름
다운 것이다.

3. 상처와 부재로서의 사랑의 운명

남상광이 첫 시집에서 "지뢰 같은 사랑"을 노래할 때, 그것이 은유하는 바는 우리가 걸어가는 삶의 길 주변 도처에 다양한 형태로 존재하는 사랑을 환기한다. 그 사랑은 지뢰를 밟고 선 채의 기다림이기도 하고 그리움이기도 하며, 어머니이거나 이별한 연인이기도 하다. 또 그 사랑은 우리 삶이거나 생명을 말하기도 하며, 상처와 희열, 고통과 희망, 슬픔과 기쁨 등을 포괄한다. 삶이란 대단한 무엇이라기보다는 살아가기 위해 코끼리처럼 묵묵히 걷거나 한 개의 빵을 굽는 여정이며, 그 길에서 때로는 필패의 결과를 알면서도 사랑을 찾아 일탈하는 시간이다. 빛나는 절정의 산, 그 정상의 끝을 향해 슬픔과 설움, 상처와 고통, 기다림과 그리움, 쓰라림과 애절함을 수용하고 걷는 행위와 같은 것이 사랑이다. 시인은 그 고통스러운 여정의 걸음걸음에서 사랑을 확인하고, 사랑의 부재를 느끼기도 하며, 그 사랑의 부재를 통해 자신의 세계 내 존재 이유와 살아 있음을 재확인하는 것이다.

그리하여 남상광에게 삶이나 사랑이나 시詩는 거대하고 위대한 우주라기보다 파란과 곡절의 생의 감각과 실상을 느끼게 하는 무엇이다. 즉 "영양을 골고루 따져보고 예술성까지" 고려한 미적으로 고상하면서, 엄숙하거나 경건한 세계만은 아닌 것이다. 이를테면 "아무에게나 보이는 그런 천한 예술 말고" '빵인'으로 은유한 전아典雅하고 고고高古하거나 세련洗鍊된 시인이나 사람들에게만 보이고 또 그들만이 "알 수 있는" "세상에 몇 안 되는 빵"

(「빵인ㅅ을 위하여」)을 만드는 일과 같은 종류의 것이 아니다. 그보다는 차라리 파란과 곡절을 겪으며 "연속적으로 나타나는 벽을 넘"다가 "마지막 벽 근처에서의 자연스러운 소멸"(「나의 시詩, 나의 인생人生」)을 노래하는 일과 다름없는 것이다.

이러한 남상광의 삶과 사랑과 시쓰기에 대한 의식은 시 에세이 『사랑은 끊임없는 흔들림이다』(2021)에서도 확인할 수 있다. 그에게 삶이란, 살아 있음이란, 사랑이란 매 순간 지뢰를 밟은 채로 이러지도 저러지도 못하는 사태 속에서 기다리며 흔들리기 때문에, 그 부재의 부정성과 부동성浮動性 때문에 아름다운 것이다. 이러한 사랑의 문법은 지난 시세계와 연속하는데, 특히 시집 4부에 집중적으로 배치한 '사랑' 연작들에 잘 나타나 있다.

첫 시집 『지뢰 같은 사랑』 이후 초기에서부터 지금까지 남상광은 사랑에 대해 집요하게 탐구해왔다. 그런 까닭에 그의 시학에서 사랑의 감각은 주요 소재이며 주제를 이룬다. 이번 시집에서도 연작을 통해 사랑의 탐구를 보여주는데, 그만큼 사랑의 초점화는 시인의 시적 사유에서 그것이 차지하는 비중을 반증한다. 사랑은 인간살이 모든 곳에 다양한 형태의 모습으로 깊숙이 스며들어 있다. 이때 남상광에게도 사랑이란 앞서 말한 것처럼 삶의 여정에 다양한 형태로 존재하는 사랑이다. 가령 그 사랑은 "밤새 눈물로 적삼 짓던" '뼛골 빠진 설움의 세레나데'(「어떤 사랑 5 ―삼베적삼」)이거나, '환절기의 감기몸살' '비상구 없는 화재경보' '응급실의 혼수상태' '흘러

내리는 모래성'(「어떤 사랑 6, 7, 8, 9」), 혹은 '어머니'(「어
떤 사랑 11」)나 '노래방의 소비적 사랑'(「어떤 사랑 12」)이
기도 하다.

요컨대 그 사랑은 실연의 상처와 회한이기도 하고, 삶
의 갈망이며 숙명이기도 하며, 그리움이나 기다림이기
도 하고, 어머니나 잃어버린 연인이기도 하며, 고독이나
황홀, 또 그 사랑은 우리 삶이거나 생명의 본질이기도 하
다. 이를테면 상처와 희열, 고통과 희망, 슬픔과 기쁨 등
을 망라한다. 남상광에게 사랑의 개념은 마치 E. 레비나
스가 말한 종류의 의미를 연상하게 한다. 즉 "사랑은 하
나의 가능성이 아니"며, "사랑은 우리의 주도권에 따라
만들어지지"도 않고, "사랑은 밑도 끝도 없이 우리를 급
습하고 우리에게 상처를 남"(『시간과 타자』)기는 것과 같
기 때문이다. 시인은 상처와 고뇌로서의 사랑에 접근해
있다. 사랑의 부재, 그 부정성으로 인해 사랑을 갈망하
는 것이다.

어쩌면 사랑은
높은 벽을 세우려다가
채 굳지 않은 약속에 의해
흙으로 부서지는 과정일지 모른다
끝내 끝끝내

—「어떤 사랑, 다시 3 —벽」 부분

힘 빼고 누운 상태 그대로

먼 파도에 밀렸다가

아주 아주 멀리 갔다 깨어나

일반실로 들어가는 날

그날이 오지 않는다 해도

절대 놓칠 수 없어

오른주먹 속에 꽉 움켜쥔

아직 파닥거리고 있는 파랑새 하나

—「어떤 사랑 8 —응급실」 부분

남상광에게 삶은 끊임없이 미래를 향해 사라져가는 것들을 찾아가는 행위이다. 사랑은 달아난 것과의 놀이, 부재하는 대상과 펼치는 갈망의 유희이다. 그러한 탓에 이번 시집에서 보여주는 사랑의 연작시는 마음이 잉잉거리는 상실의 아픔과 갈망이 짙다. 사랑의 슬픔과 고독, 아픔과 상실을 노래하지 않는 시집이 세상에 있을까? 사랑의 여울에 휩싸인 연작시, 또는 사랑에 관한 그의 시에서 사랑에 관한 체험적 진실과 시의 내부에서 일어나는 사건의 동일성은 중요하지 않다. 중요한 것은 시인의 내면에서 일어나는 정서적 현실이다. 시인이 고유하게 빚어내는 마음의 현실로서의 사랑, 즉 고통과 황홀, 상처와 환희의 무늬이다.

모든 사랑은 매혹과 열정이지만, 그 매혹과 열정의 끝은 "높은 벽을 세우려다가" "흙으로 부서지는 과정"이며 '혼수상태'로 "응급차에 실려 떠나간" 것이고, 아쉽게 "흘러내리는 모래성"(「어떤 사랑 9 —Time out」)이며, "온몸

113

에 소름이 돋"는 '오싹한 감기몸살'(「어떤 사랑 6 ―감기
몸살」)이다. 여기서 시인의 내면에서 일렁이는 정서적
현실로서 사랑의 파동은 그 허망함과 무상함, 그 사랑의
위험성과 위태로움을 환기한다. 하지만 '부서짐' '위태로
움' '흘러내림' '오싹함'이 환기하는 바는 단지 사랑의 무
의미와 덧없음이 아니다. 사랑의 위험성과 위태로움 속
에서, 사랑의 부재를 확인하는 고통 속에서 비로소 사랑
은 "파닥거리고 있는 파랑새 하나"를 만나게 되는 것이
다. 사랑의 부재와 고통 속에서야 우리는 역설적으로 비
로소 사랑을 느끼고 감각할 수 있다.

남상광의 많은 시에서 사랑은 부재나 상처, 고통이나
상실의 아픔으로 표현된다. 사랑은 전적으로 상실의 고
통과 상처로 인식되며, 부재의 부정성으로 인해 사랑을
느낄 수 있는 것이다. 그것은 물론 심리적 정서로서의
세계이지만 마치 "피 절절 나는 손톱"(「어떤 사랑 5 ―삼
베적삼」)이나 "오싹/ 온몸에 소름이 돋"는 '감기몸살'(「어
떤 사랑 6 ―환절기」)처럼 육체적으로 체감되는 사태이
기도 하다. 그 사랑의 부재성은 육체적 상처와 고통이면
서 사랑의 존재성을 지각하는 통로이다. 말하자면 이때
사랑의 부재성과 부동성은 단지 상처나 고통이 아니라
사랑의 존재성을 확인하고 사랑의 아름다움을 동시에
보여주는 것이다. 시간성 위에서 존재하는 사랑의 운명
은 결국 자기 소멸로 귀결된다. 삶의 여정이 매 순간 소
멸을 향한 진행일 뿐인 것처럼….

하지만 문제는 삶의 여정이나 사랑의 운명이 타고난

덧없음 자체가 아니라 그 덧없음에 대한 예지이며, 그 예지를 가능하게 하는 것이 사랑이라 인식한다는 점이다. 사랑의 운명은 상처와 고통을 주지만, 그 상처와 고통의 덧없음을 예감하게 해준다는 맥락에서 삶의 여정에 대한 지혜를 향한 통과제의와 같은 것이다. 바르뜨의 말처럼 그 사랑의 운명, 그 덧없는 삶의 진행에서 사랑의 "상처가 깊으면 깊을수록 주체는 더욱 주체가 되는 것"(롤랑 바르뜨, 『사랑의 단상』)이다. 남상광이 사랑을 노래하는 것, 사랑을 상처와 고통으로 이해하는 것은 결국 삶의 이면에 자리한 은폐된 진정성과 아름다움을 확인하려는 욕망에서 비롯하는 것이다. 그에게 사랑은 운명의 행로를 가르쳐주는 지남침이다.

4. 환멸의 경험과 비극적 지혜의 탄생

남상광의 시는 소실을 향한 삶의 고통스러운 여정과 사랑의 부재성을 끌어안음으로써 유지되는 것이었다. 삶과 사랑이 운명적으로 내포한 부정성을 끌어안으려는 시선이나 태도는 의지적인 것일 수도 있고, 어떤 사태나 현상에 대한 관찰의 입장일 수도 있으며, 그렇지 않으면 의식과 무의식의 뒤엉킨 입장일 수도 있다. 어떠한 경우이건 간에 시인은 대상과의 관계를 고통이나 상실감, 또는 비애나 허무 속에서 끌어안음으로써 세계 내에서 자기 존재성이나 정체성을 확인하고 유지한다. 여기에는 끊임없이 자기 자신이나 삶과 세계의 운명에 대한 관찰을 도모하는 반성적 성찰의 주체가 자리한다.

그런데 끌어안음으로써의 견딤이나 수용적인 태도와
는 다른 축으로서 확연하게 발견되는 하나의 특징은 자
기 자신의 허위나 위선은 물론이거니와 현대성의 무의
식과 일그러진 일상의 욕망과 삶의 부조리를 비판적으
로 응시하는 태도이다. 말하자면 타락한 현실의 질서와
불결한 무의식의 욕망에 대한 불온한 저항의 시선이 자
리한다는 것이다. 여기에는 현대사회의 소비주의, 물질
주의, 상업주의, 자본의 논리 등이 유포하는 가짜신화에
대해 유머스럽고 아이러니한 풍자적 비판을 보여주는
「막내딸 길들이기」, 자아도취적 허영심과 위선적 태도
를 역시 유머스럽게 희화화하고 풍자하는 「자백에 관하
여」, 인간관계의 사회적 신분 계급성을 우화적으로 비꼬
는 「관계의 끝」, 현대사회의 무질서한 혼란과 도시문명
의 한계를 그리는 「유라시아 도시 2020」과 같은 다수의
작품들이 포진해 있다.

　남상광이 보여주는 현대사회의 일상성에 대한 풍자적
비판이나 희화화에 가까운 의장들은 모두 유기적 조화,
즉 삶과 세계의 총체적 전체성이 파괴되고 분열 파편화
된 상황을 전제로 출발하는 것이다. 그러나 남상광의 현
대성에 대한 비판적 성찰이나 풍자는 다른 시인들이 지
향하는 바와 같이 구경적 지점으로서 파괴되지 않은 원
형적 세계, 혹은 문명의 대척점에 자리한 자연의 원초적
세계를 상정하고 있지 않다.

　그는 다만 경쾌한 어법과 언어유희적인 희화적 수법
(시집 3부에 배치한 「어떤 이름」 「99번째 버킷리스트」

「시간 투자」「관계의 끝」「코리아 카페」 등을 보라)으로
비판과 풍자를 수행하는 점이 특이하다. 남상광의 시는
현대성의 여러 특징적 단면들과는 어느 정도 거리가 있
었는데, 이번 시집에 이르러 이러한 단면들이 더욱 양각
되고 있다. 또 현대인들에게 공유되는 일탈의 정서들과
도 어느 정도 거리를 두고 있었는데, 일탈과 저항으로서
의 현대성에 대한 성찰과 일상의 현실에서 포착해낸 현
대성의 단면들이 이전보다 강화된 점이 새롭다.

언제부턴가 산골에는 산삼을 캐려는 사람이 늘어났다

사람들이 많아지다보니 산삼을 구경하기는 더 힘들어졌다

입구에 슈퍼와 여관도 생겨나고

모여든 사람들은 산기슭을 일구어 인삼을 심기도 하
였다

그래도 자기들끼리는 여전히 심마니라고 불렀다

근래에는 인삼을 대신 사고파는 사람들까지 들어왔다

심마니가 오래 산다는 헛소문이 퍼져

도시의 부자들까지 산으로 와 자리를 잡고 있다

이제는 인삼쟁이, 중개업자, 부자들까지 심마니라고
부른다

—「심메마니를 위하여」 부분

탐욕스러운 자본의 논리와 한정할 수 없는 인간의 물
질적 욕망에 의하여 본래적 가치가 상업적으로 변질 왜
곡되고 파괴 전도되는 뒤틀린 상황을 냉소적이며 비감

하게 그리는 인용시는 현대성의 특징적인 한 단면을 부
조하고 있다. 이를테면 "이제는 인삼쟁이, 중개업자, 부
자들까지 심마니라 부"르는 전도된 상황, 시인은 자연의
순리에 감사하며 사는 심마니의 본질적 삶이 상업적 논
리와 인간의 물질적 탐욕에 의하여 그 의미 가치가 전도
되고 변질된 상황을 냉소적으로 바라본다. 그런데 남상
광의 이러한 현대성 비판은 상투적인 계몽주의적 비판
의 차원으로 환원하지 않는다. 그는 서정적 자연의 매혹
에 이끌리지도 않으며, 상투적인 유토피아적 전망을 노
래하지도 않는다. 그저 인간의 물질적 탐욕에 찌든 환멸
의 경험을 그려낼 뿐이다.

　남상광이 목격하고 경험하는 세상은 이미 오래 전에
총체성을 상실했으며, 삶의 유기성과 전체성이 분열 파
편화된 세계이다. 그에게 세상은 이해할 수 없는 "거짓
이 사실이 되어버린 요지경"(「세상은 요지경瑤池鏡」) 속
이며, "도시는 이미 소멸되고도 남을 만큼 늙어버"린 상
태의 "태양이 꺼진 사막"(「유라시아 2020」)처럼 황량하
고 절망적이다. 이러한 비극적 속성으로 인하여 그가 그
리는 삶과 세계의 풍경 근저에는 "태어나는 것들의 슬
픔"(「어쩌다 마치March」)이 내재하고, 인생은 "검회색 숯
무더기만 남기고"(「인생人生이라는 허虛」) 꺼져버리는 허
무가 자리한다. 남상광의 허무주의적 태도는, 시간은
"한참을 더 시들어/ 쭈글쭈글 볼품없는 결말에 이를 것"
(「사과의 시간」)을 노래하거나, 사랑은 끝내 "흙으로 부
서지는 과정"(「어떤 사랑, 다시 3 —벽」)이며 "아침 해가

뜨고 나면 잊히고 말"(「어떤 사랑 10 —바위」) 것을 예감하는 데에서도 연속한다.

　자아와 세계의 동일성이 파괴되고 총체성을 상실한 근대 이후 우리 서정시의 시적 사유의 중요한 징후 가운데 하나는 세계에 대한 환멸의 경험이며, 허무주의라 부르는 세계관의 변주이다. 우리는 흔히 허무주의는 건강한 정신을 병들게 하고, 환한 미래적 전망의 시각을 마비시키며, 가치에 대한 신념과 실천력을 무화화하는 질병으로 생각했다. 말하자면 허무나 환멸은 불결하고 불온한 정신의 바이러스 같은 것으로 부정되어왔다. 하지만 허무주의는 도구적 이성의 독재와 물질주의 아성의 전횡에 의해 구축되는 현대적 질서, 합리적으로 사고하고 목적에 따라 일하고 생산하는 확실성과 목적성, 유용성과 근면성, 창조성과 생산성이라는 성과주의에 대한 반성적 사유의 일부라는 것이다.

인간을 모시고 함께한다는 것은
동물다운 삶을 포기해야 가능한 일이었다
인간 같지 않은 인간이 주던 개밥
살기 위해 목구멍으로 넘긴 것에 회개한다
인간보다 더 인간적인 개가 되리라

—「바다로 간 개떼」 부분

코리아 카페는 역사만큼 메뉴도 다양하다
헤이즐고조선, 부여마끼아또, 고구려라떼, 옥저모카

하라, 삼한스무디, 백제프레소, 신라빙수, 가야푸치노,
고려모카, 조선에이드, 아이스재팬, 그리고 코리아-아메
리카노
개인적으로 백제프레소와 고구려라떼를 좋아하지만
요즘 들어 손님들이 선호하는 메뉴가 바뀌었다
—「코리아 카페」 부분

　　남상광의 시적 사유에서 이러한 허무주의의 징후와
흔적을 발견하는 것은 어려운 일이 아니다. 그가 노래하
는 것은 물론 서구적 관념론의 한 계보로서의 허무주의
가 아니다. 그보다는 이념이나 관념 이전에 세계를 보는
관점이며, 세계를 보는 관점 이전에 정서적 경험인 동시
에 현대인이 간직한 보편적인 집단 무의식에 가깝다. 이
런 관점, 정서적 경험, 보편적 무의식은 환멸의 경험에
서 파생하는 것이라 할 수 있겠다. 환멸이란 말 그대로
이상이나 희망이나 환상이나 전망이 사라진 현실을 확
인하는 허무한 경험을 말한다. 그것은 "새끼들을 위해"
"살기 위해" 꼬리를 흔들며 "인간 같지 않은 인간"이 주는
'개밥'을 먹으며 "동물다운 삶을 포기해야" 하는 치욕과
"우유빛 배경이 사막의 신기루처럼 사라"(「안개라는 꽃」)
지는 환멸의 경험에서 비롯한다. 이처럼 남상광이 보여
주는 허무나 환멸은 총체성이 붕괴한 자리에서 탄생하
는 것이다.
　　남상광의 환멸의 경험에서 오는 허무주의는 미래의
확신에 찬 이념과 현란한 자본주의의 기호와 이미지의

연금술이 드러나는 자리이기도 하다. 따라서 환멸의 경험은 자본주의적 문화 논리가 지배하는 일상의 외피들이 흉측한 적신赤身을 드러내는 형식으로 기능한다. 그러나 그 경험은 삶과 세계의 이면에 은폐된 진실을 일깨우는 중요한 경험이기도 하다. 시인이 보여주는 동일성을 상실한 환멸의 경험은 그런 점에서 삶의 확실성과 목적성, 유용성과 근면성, 창조성과 생산성에 대한 반성적 사유의 일부이다. 요컨대 환멸의 경험은 욕망의 부정성에 대한 경험, 즉 "코리아 카페"의 다양한 메뉴나 "누구에게나 달디단, 코리이단합초코"로 은유한 자유의 허구성과 행복의 불가능성을 지시한다.

반복하지만 위의 시에서 "인간에게 내몰려진 어두운 미래"나 현란한 기호 이미지들이 암시하는 바와 같이 남상광의 현대성에 대한 경험은 환멸이다. 환멸의 경험은 현실적 삶의 방식의 이면을 아프게 헤집는 경험이다. 특히 남다른 점은 두 번째 인용 시에서처럼 자본주의적 언어 양식의 어법적 특성을 차용해 그것을 비꼬고 희화화해 그 허구성을 폭로하는 수법은 독특하다. 이러한 독특한 수법에 의하여 환멸의 경험은 행복의 이데올로기가 작용하는 현실에 대한 속임수나 신비화를 걷어낸다. 정당성을 상실한 세계의 부조리하고 고통스러운 존재에 대한 전망을 보여준다. 남상광의 이러한 환멸의 경험은 비극적 지혜의 탄생이라 할 수 있겠다. 과연 시인에게 "양초에 불 붙이고 두 손을 모"으는 "쓸쓸한 휴식"(「인터미션」)의 시간이 찾아올 수 있을까?

만남에도 그늘이 있다

지은이_ 남상광
펴낸이_ 조현석
펴낸곳_ 북인
디자인_ 푸른영토

1판 1쇄_ 2025년 06월 21일
출판등록번호_ 313 - 2004 - 000111
주소_ 121 - 842 서울 마포구 서교동 460 - 34, 501호
전화_ 02 - 323 - 7767
팩스_ 02 - 323 - 7845

ISBN 979-11-6512-508-0   03810
ⓒ남상광, 2025